目次

序幕以後

九十七句

賀状読む紙の舞台を観るやうに

八甲に原初の力初茜

蒲鉾の弾力を噛む寒土用

除雪車が二十三時の地を覚ます
鍋焼を食うて教授を処刑せり
切り餅の狐二匹が膨らめり

クロッカス犬の涙を拭いてをり

桃の花句帳の中に雨が降る

免疫の残高のある朝寝かな

智歯のない話などして冷奴
とんぼうを手で払ひたる夜外食
友だちのトモダチが好き草の花

水の上に葉のこぼれたる涼気かな

とんぼうや沖見て命惜しくなる

草紅葉Lの8まで歩きけり

汀まで来て団栗が逡巡し

橋渡る時六根の耳寒し

霜柱石の林を墓地といふ

河豚食うて朋に侠気は望まざり

飛ばざれば海猫も凍つると鰺ヶ沢

雪汁が歩道に暴れ税戻る

朝桜喫茶卑弥呼はまだ閉ぢて

孫の手の孫は竹にて朧かな

囚はれの身の天使魚の孕みけり

山裾は浴後のほてり桃の花

日の童ゐてこそばゆし春の山

禰宜の笛早乙女が今浄める

万緑や大幹のごと肺冷ゆる

蝸牛人間が来て山揺らす

こんなにも岡本太郎南瓜畑

何もせぬのに利き腕の日焼けせり

真っ白に灼け滑走路誘導路

星河濃し遠吠えに和す犬の数

蟷螂をけぶらせてをり精農なり

大玻璃に日の余りたる秋の蠅

蔦紅葉暮六つの鐘撞けといふ

公園の体温低し式部の実

山眠る火の用心が馬穴の名

干菜吊る喫茶バツキンガムの裏

雁木守る酒屋呉服屋軒低く

冬柿や山の貌して人老ゆる

武者貌てふ紘先生の尾白鷲

包丁を闇に寝かせて寒波來る

席譲る含羞にあり初電車

用心棒兼雪掻きのやうなもの

足に來るらしかまくらを見る酒は

山唄を山に聴かせて花林檎

水無月を訪へり智恵子の真つ赤な蟹

草厚く着て梅雨臭し馬の家

水無月の当て馬を見よ眼見よ

ねぶた來る殺生の徒は顔赤く

ふにやふにやと生きて酷暑のことを言ふ

幼きが遊びの師なりお正月

薦一つ一つの日暮れ寒牡丹

一鳥もゐぬ寒林の眼かな

青氷柱巌の齢厳かに

山声を零してゐたり冬の瀧

厳寒の玻璃月光に立たせをく

一燈へ闇の崩るる雪解かな

理衛右衛門の軒下をもて雁木とす

寒釣りの棒の一つがぼそといふ

鶯にある真打のやうなもの
蝿といふ虫獄の温泉の松の間に
石にまで水打ち風を殖やしけり

十月の簗守とゐて乾き出す

蛇穴に入る馬の沓祀られて

津軽野は華燭の明かり豊の秋

パノラマの中より秋の溢れけり

沼蒼く置き連作の秋の山

それぞれが匠猿賀の松手入

夏の雲四十五億歳の海

颱風が逸れて画像に貴乃花

台風消滅闇おろおろとありにけり

佛も吾子なれば甘党こどもの日

つゆは梅雨平仮名の句は採らざりき

緑雨來て涙袋と焼香す

衛視めく冬木のほかは括られて

大鷲を見る大砲を撃つやうに

喪の家の灯を守る雪の砦かな

凍嶺の鋭きを日の渡りけり
津軽今寝姿ばかり雪積もる
鴟見る観光船のごとき岸

寒林の深々と黙支へ合ふ

寒土用中野に乾くイラン人

形振りは構ふものなり冬牡丹

丸餅が膨らむ祖母が在るやうに

鯛ちりも出て文人の夜遊びは

大冬木酸性光に濡れながら

息かけて夢覚ましけり冬の虫

我が眼以外は世間背が寒い

襟寒し男を縛る数多の義

十二月躓くために襟立てて

ピノキオとなりて戻りししばれかな

友垣の友あたたかし晦日蕎麦

花冷の東京へ来し出来心

不似合の頬杖をして五月憂し

冷奴耳たぼ薄く老ゆるかな

足掻き

七十八句

鷹の爪暗がりに手を洗ひけり

づかづかと来てコスモスへ杭打てり

鬼燈の傾ぎてありし微笑かな

沼太郎双眼鏡を渡りけり

爽郎の菱喰百羽ばかりなり

かはたれの顔小さくして白桔梗

馬鈴薯が咲き究極の愚行せり

水羊羹ラグノオさんの秘術食ふ

身じろぎて草の真黒き良夜かな

霜柱美しき言葉の崩れけり

碧梧桐の右肩隠し岩木に雪

叱りゐてこんなに白き息吐けり

どか雪が来る打楽器を乱打して

雪漕ぎて神に用ある睫毛かな

マヌカンがあらぬ方見て春ひたひた

退勤はピアスを着けて鳥曇

使はない頭と歩く桜かな

早熟な土筆が山の陽を仕切り

友人も上手くやりたし春の雪

五月來る踝に日を尖らせて

花粉症いきなり名刺出されても

ゆすら梅近づきすぎて犬怒らす

風光る馬の授業を参観し

どの顔も寒河江の日の子桜ん坊

ぼうたんを離るる二重瞼かな

気宇如王百合の静かにありにけり

真剣に怠けてをりぬ種茄子

うそ寒のことをNHKがいふ

中空を飛雪の迅き忌明けかな

菊人形忠臣といふ嫌な奴

運慶の犬より深き秋思かな

秋桜廃語に近き家寧し

彼は誰といにう刻にあり秋茄子

産み終へて流木となるほちやれ鮭

草発ちて蜻蛉のすぐ交はれり

顔細く女來る雪の序景かな

無所属の貌して海鼠なまこかな

二月来る水をやさしくするために

いとけなき月が氷柱へ入らんとす

アダージョの奏者は日の子氷柱生る

雪どつと降りこの不思議なる安堵

寂といふ現世の音蓮開く

踊子の指の先まで魔性かな

外井戸に漏刻の病瓜太る

読書週間美奈子の唆呵再読す

向日葵や呑むといふ義をまだ持てず

日を蒐めをり蝗蟷のさびしき手

秋薔薇まだまだ恋が出来さうで

秋茗荷三日訪はねば母古りて

夢を見る余力と秋を惜しむかな

山桜遅筆を詫びてくれなゐに

土用三郎宗教売へ説教す

百日紅在宅介護戦めき

涅槃雪象の嘆きの重さにて

地虫出て賽銭箱を覗きけり

春の雨白樺が威儀正けり

虚子の忌や「左近を斬れ」と声すなり

九条の会が近づく桜かな

こんなに命こんなに羞恥青葡萄

清水汲み少し遅れて風と会ふ

春秋の哀史は知らずねぶの花

茄子食うて雲のかたちを忘じけり

じたばたして死にたし柿食ひたる後

林檎剥く草田男命かもしれず

知性いま爛れねぶた発狂す

石仏の赤を召したる秋思かな

鶏頭花写生超えねば明日は見へず

秋桜何万回も恋をして

玻璃打つは飢えたる野分親子かな

犬に吼かれて釣瓶落としとなりにけり

二番雪恋人席に他人の妻

セーターを出てこの見事なる無分別

けの汁の「けの」の辺りは山のもの
起きてゐる海鼠数個か数匹か
鱈食うて何百本も髪抜ける

晩三吉小刀が汁零しけり

年の瀬の瀬音に母の寝息かな

年立てり黒松の針凛として

なあなあといふ壺

七十二句

日展へ出品物のやうな女
芸術の為に脱ぎしかこの秋は
幾度も嘔吐日展を観し夜は

あれ以後はフクシマ以北春遠し

靴下を脱ぎ春愁を飼ひはじむ

春やこのくれなゐといふ待つ力

水の端を踏み白靴のデビユウかな

一日に二つ加齢夏負けす

日の丸が今も裁かれ敗戦日

無条件降伏の日の呑み殻よ

戦犯の父がをります盆の家

秋ついり濡るれば二つ程老いて

春どつと文学論を美食せり

農夫来てそこいらの春けぶらせり

山桜馬繋ぐごと駐車せり

梅雨どきをなあなあといふ壺の中

雁風呂の嘘を野鳥の会が言ふ

師とあるは取材にも似て言葉涼し

一心に警策の声瀧落つる

これがかの秋の日暮れの母なるや

夜鶯にも優しきがゐて母の秋

友を選べと人には言へず猫じやらし

作品として近づけり花八つ手

親不孝してをり北風に吹かれをり

日の海へ新雪を植ゑ農学部

息白し立志遙けきものの中

除雪師の拝命があり無給なり

氷柱溶け初む連弾の指の先

やさし過ぎて力と見へず雪解光

月光と一夜寝て雪汚れけり

岩木あればよし今更恵方など
本能もその番人も松の内
永日の無想一糸も纏はざる

たましひの旅立つ余花のしぐれかな

句碑も緑爽郎先生また来ました

秋更ける俳句に敗者復活戦

夜行性俳人五人秋深き

処暑の雨いきなり私情持ち込めり

雪の驛声出して貨車失速す

冬将軍一団無断駐留せり

生き急ぐとは凍雪を砕くこと

逝く秋の群盲俳句撫でてをり
無月かな光なきもの交響し

爽やかや門球選手齢干し

平成を俯瞰し然る後秋思

長男は終身の刑日短し

正面枯野此処から情緒的津軽
雪国の嘆き証言とはされず
龍の玉肯はざれば敵視さる

除雪するほかは女の荷物なり
劣等感のはじめ横文字雪オンナ

伊達は梅雨支倉常長でも食ふか

山清水手と言ふ器浄めては

日を乗せて時の流れる雪解かな

月登りけり唇を薄くして

中天へ来て満月の氷りけり

月光を得て枝先の冴え返る

岩木嶺の娶りの日なり小六月

冬の月どの枝よりも喉乾き

弱音吐くこと覚えたり日記買ふ

三百六十度が小津軽風死せり
斯る日は髯は剃るなと竃馬
残る虫祖は暗君に仕はれし

うとうとと芝が舟漕ぐ小春かな

羽後よりの鰰起こし短慮にて

雪の精神様はいつ星磨く

嫌といふ鮪が海を脱がされる

九つの十のと雪の罪数ふ

厳寒の根川緑道君は見たか

熱燗が出て喋り出す根雪かな

啓蟄や雌伏の永き道の奥

椿落ち不徳の致すこと終はる

交はり

四十五句

水を運ぶ女

妻は今も許婚者の貌息白し
サルビアの日やこの人を守らねば
水運ぶ女が侶去年今年

俊哉逝く

神さまのやうな子でした四月でした

春逝くや冥き処へ子を取られ

朧夜の傷口として子の忌日来る

額縁の子にマンゴーもパパイヤも

夏来る七つの貌で逝きし子へ

智慧育つ「苺食べねば歩けない」

桜鯛この子が人に盗られさう

人日や智慧はげくむに闘うて

祖父となる

甚平の子が綿菓子の重さいふ

ねぶた子の半纏赤く疲れたり

一日記者終え来し秋の瞳かな

帰省寒偉クナルナとは言はず

母逝けり

母といふ人体寝ねしちちろの間

行く秋の母が転びし物語

冬の靄夕餉も摂らず母が逝く

寒燈や何で泪が出ないのだ

旅装寒し黄泉へ行く眼を閉ぢてやる

顔小さく寒し素直に紅引かれ

長谷川櫂くん

初夢の渚に櫂を失へり

櫂と名乗るために此の世へ実千両

小野正文先生

鱈汁の会へ痩せたるソクラテス

冬座敷三賢人と一凡人

生き様の師と忘年の星を浴ぶ

秋を逝く痩せたるソクラテスのまま

生きてゐる意味逝く如し秋の風

佐野画伯より「父逝きてモノクロームの岩木山」を頂き

正文・繁・ぬいが縁や巴里祭

佐野ぬいのブルーとゐたり弱冷房

竹内黎一先生

父は耕衣吾は誓子と冬温し

日本に花押は今も万愚節

煙草の花久慈月山のテリトリー

月山と博打の神へ来て薄暑

冬銀河半萬石といふ遊び

奈良文夫物語とは秋惜しむこと

千空を見舞ふ秋嶺の全きに

爽郎もシゲも善仏秋日和

終章にさち子のすみれ供はばや

青嵐剛一先生本気なり

水打ちて至樂舎は寂広げたり

青胡桃志亥に詩嚢いくつかな
がまずみや瑛子は今も遅詠姫

渚男は何処も渚男大青田

残る沙羅不良になれぬ話など

時の器に

三十五句

恐ろしき愛国無罪つちふるや
連翹が散る東電に欺かれ
五月來る少年法に守れられて

蝸牛神曲の道迷ひけり

ムーサイは俳人が嫌茗荷食ふ

唐辛子修司にも箸つけてみる

種向日葵汝もバガクセを堪へしか
まるめいらもう良い夫は怖くないい

俳人を食べたる後に土瓶蒸し

ヒトはまだ人への途中年明ける

十二月歩いて人にぶつかる

冬の虹人間はまた歩き出す

文渡す愚かも十一月三日

冬暖かゆつくりと人堕ちて行く

八月凶日右翼と父へ浴びせしこと

八月の木に戦争の老いにけり

日氷柱や韓国兵が哭きに來る

彼の国に孔子はをらず黄砂來る

空よりも叡智が広し山笑ふ

俺は甚六酢独活と母は苦手なり

蛇去れり貧しき人語浴びながら

蒸し暑し非戦のほかに何言へと
敵のない寂しさにあり木の葉髪

疼かざり枯野にて母殺めしに

裸木の聖者も与太も黙の中

言の刃の返り血と年送るかな

不条理へ北とルビして雪下ろす

父の忌のための長子か余花の雨

まつりごと寒し真昼の藪の中

蓮の骨悔いがあるから生きてゐる

津軽では雪は日常都は事件

春氷津軽に今もかづら橋

母国語の不遇を嘆き冷奴

雪達磨あの日愛国被爆せり

桜餅どの眼も光量不信なり

あとがき

集名を『福士光生物語』とした。「ポスト抒情」・「異端こそ正統」が途上にあることと、一句をもって集名にしたくなる句が見つからないのである。止むなく、説明不要の物語を無難と見て採用したと言ってもいい。

この集を、発達段階ごとに五つの章にした。第一章は、初句集『序幕』から殆ど成長していないことを認め、以後を加えた。

第二章の「足掻き」も似たようなものである。序幕の尾が退化していないのだ。此処に掲げた作品も「志は高く」が空転していた。

「体制の中で胡座を組んでにいることに気付いた時は、手の施しようもないほどに腐敗していた」と言う私に、ソルボンヌ大から帰ったばかりのNさんが「なあなあという壺は、学会にだってある」と応じてくれた。俳句という古典的な組織の中にいると、自分が壺の中にいることを忘れてしまう。近代俳句から脱け出すには、自分が変わるよりないのだ。現代俳句への道は、現在地を知るものしか見えないのかもしれない。

第四章を「交はり」とした。私の周囲には、どう生きるかを学んだ師や私を支えてくれた朋友がいた。進行形のものもある。それらの恩と私の戸籍に連なる数々の恩たちとの交わりを此処に収めた。技巧や情に凭れなくても立っていられる叙事を意識していた。

終章を「時の器に」とした。俳句は「瞬間を切り取る文芸である」というときの時ではない。「俳人には『時代』を見る眼がない」と言う声に対する私の声である。明治の「思想、感情を詠む」も、昭和の「思想詩への願望」も、誰にでも出来る「安易」に駆逐された。平成は思考の時代である。それを述べる機会を与えてくれた企画に感謝申上げます。

平成二十六年十一月

福士光生

著者略歴

福士光生（ふくし　こうせい）

昭和八年尾上町（現在平川市）生。本名　三智弘。

昭和二十五年中学校で俳句を学び、国語教師の所属する「十和田」、無季容認の結社、無所属を経て「渋柿園」に遊ぶ。

現在「ＳＫＧ」「萬緑」。

平成19年から5年間、角川学芸出版添削講師。

平成17年から6年間、ＮＨＫ文化センター俳句講座講師。

平成九年から六年間　俳人教科青森支部事務局長

現在　俳人協会青森支部副支部長

　　「萬緑」青森支部長

住所　〒〇三六―〇二一二
平川市尾上栄松一八七

東奥文芸叢書　俳句15

福士光生句集　福士光生物語

発行　二〇一五（平成二十七）年三月十日

著者　福士光生

発行者　塩越隆雄

発行所　株式会社　東奥日報社
〒030-0180　青森市第二問屋町3丁目1番89号
電話　017－739－1539（出版部）

印刷所　東奥印刷株式会社

ISBN－978－4－88561－185－8　C0092　￥1200E

東奥日報創刊125周年記念企画

東奥文芸叢書　俳句

加藤　憲曠　新谷ひろし
藤田　枕流　野沢しの武
草野　力丸　工藤　克巳
畑中とほる　吉田千嘉子
竹鼻瑠璃男　高橋　千恵
土井　三乙　徳才子青良
三ヶ森青雲　橘川まもる
福士　光生　田村　正義
吉田　敏夫　小野　寿子
浅利　康衛　木附沢麦青

（第一次配本20名、既刊は太字）

東奥文芸叢書刊行にあたって

青森県の短詩型文芸界は寺山修司、増田手古奈、成田千空をはじめ日本文学界をリードする数多くの優れた文人を輩出してきた。その流れを汲んで現代においても俳句の加藤憲曠、短歌の梅内美華子、福井緑、川柳の高田寄生木など全国レベルの作家が活躍し、その後を追うように、新進気鋭の作家が次々と現れている。

1888年（明治21年）に創刊した東奥日報社が125年の歴史の中で醸成してきた文化の土壌は、「サンデー東奥」（1929年刊）、「月刊東奥」（1939年刊）への投稿、寄稿、連載、続いて戦後まもなく開始した短歌・俳句・川柳の大会開催や「東奥歌壇」、「東奥俳壇」、「東奥柳壇」などを通じて、本州最北端という独特の風土を色濃くまとった個性豊かな文化を花開かせてきた。

二十一世紀に入り、社会情勢は大きく変貌した。景気低迷が長期化し、核家族化、高齢化がすすみ、さらには未曾有の災害を体験し、その復興も遅々として進まない状況にある。このように厳しい時代にあってこそ、人々が笑顔と元気を取り戻し、地域が再び蘇るためには「文化」の力が大きく寄与することは間違いない。

東奥日報社は、このたび創刊125周年事業として、青森県短詩型文芸の優れた作品を県内外に紹介し、文化遺産として後世に伝えるために、「東奥文芸叢書（短歌、俳句、川柳各30冊・全90冊）」を刊行することにした。「文化」の力は地域を豊かにし、世界へ通ずる。本県文芸のいっそうの興隆を願ってやまない。

平成二十六年一月

東奥日報社代表取締役社長　塩越　隆雄